许春波诗选

Qu Yige Difang

去一个地方

许春波 著

浙江工商大学出版社
ZHEJIANG GONGSHANG UNIVERSITY PRESS

图书在版编目（CIP）数据

去一个地方 / 许春波著 . — 杭州：浙江工商大学
出版社，2018.1
ISBN 978-7-5178-2472-5

Ⅰ．①去… Ⅱ．①许… Ⅲ．①诗集－中国－当代
Ⅳ．① I227

中国版本图书馆 CIP 数据核字（2017）第 304678 号

去一个地方

许春波 著

责任编辑	任晓燕
封面设计	林朦朦
责任印制	包建辉

出版发行 浙江工商大学出版社
（杭州市教工路 198 号　邮政编码 310012）
（E-mail：zjgsupress@163.com）
（网址：http://www.zjgsupress.com）
电话：0571-88904980，88831806（传真）

录　　排	五五三九七一五工作室
印　　刷	杭州恒力通印务有限公司
开　　本	710mm×1000mm　1/16
印　　张	15.5
字　　数	167 千
版 印 次	2018 年 1 月第 1 版　2018 年 1 月第 1 次印刷
书　　号	ISBN 978-7-5178-2472-5
定　　价	48.00 元

我们是因为做客而来（序一）

梁晓明

　　春波对于浙江诗坛，似乎是突兀而来，但一旦出现，就使人印象深刻。他的深刻，不在于爆目瞪睛吓唬人的狂风暴雨，恰恰相反，虽然他长得五大三粗，是个标准的蒙古大汉，但他的为人处事，却如绵延的和风细雨，不知不觉中，许春波这三个字会慢慢地在这种默默的、和缓的、令人愉快并极其通晓天文人事的经验和交往中浮凸出来。

　　春波写诗也是如此，他讲究自然，内心似乎有一种遵循天道轮回的自然法则，不着急，不别扭。他慢慢地说，慢慢倾诉，你要听到了并有回应，他便微笑感激；你若疏漏了，他也从不会在意。人来人往，诗走诗停，他早已看清。对于万事万物，他说："白云无处躲藏，心即静／万物虚空"，从这句诗看来，似乎春波有着消极的人生态度，但其实不然，因为不久，他马上又写道："靠近春天，阳光才是强心剂。""我用这杯酒，连接春天。"在这种清醒认识自己和世界的关系的同时，我注意到春波对于佛学的关注，这种关注，被他不断地写入诗歌中，有时甚至于直接点出。但我更加注意的，是他这种把入世出世的理念化身为对身边事物人物的关心和叙述——"路边的早点铺热气腾腾／他们比我，更希望将城里的日子脱手"。这样的句子虽然不多，但却点点滴滴地射出了他内心的一种向外看的诗歌光芒。我个人认为像这样的目光越多越好。

春波在自己的诗歌体会中说："因为诗歌，我获得了另一重生命，只要走进文字，就会感觉生命宽广而充实，这是灵魂的终极。如果能够做到使活于文字当中的那一部分生命逐日增多，一天天逝去的，又一次次通过文字来找回，那将是多么大的幸福。"我看到这里不禁笑了，因为有的人说的话，是他永远做不到的，就像格言，抄录下来，恰恰因为自己欠缺。而有的人说的话，却是早已经做到了。故而他可以说得坦然，说得自信和平缓。春波显然就是这种早已经做到的人。尽管管理着一个较大的图书电子市场，但从文字里才看到他袒露的心迹。

杭州说大不大，说小不小。但却因为有了像春波这样的诗人，这城市也就有了一种别样的精致和内涵。只是在喝酒时，才觉得他是北方人，是因为做客而来。顺便说一句，他也很是用力减肥，但却依然壮壮的，像我一样。

这本诗集出来，也是春波自己阶段性写作的一个总结，愿他在诗歌的道路上越走越有味道。

在诗酒中参禅（序二）

涂国文

　　诗人许春波兄，长于内蒙古、居于杭州的虬髯汉子。酒量奇大，每次在酒桌上遇见他，我都要事先举好白旗。更令人惊讶的是，这么一个彪形大汉，心思竟无比地细腻，每当二十四节气来临，从来都不会忘记给朋友们发一条祝福短信。在家勤劳朴实，爱护妻女；在单位是个暖心老总，掌控着一个偌大的杭州文化商城，对待员工却无比地温和、体恤。他的这种细密、温良的脾性，与他彪悍的外形所形成的巨大反差，每每让人称奇。

　　诗、酒、禅，是春波兄日常生活的"三字经"。在诗酒中参禅，追求一种禅意人生，以禅意来过滤烟尘生活中的俗气和戾气，以诗酒来柔化性情和丰盈灵魂，修炼内心的良善与从容，是他为人处世和诗歌创作的圭臬。诗集《去一个地方》是春波兄诗歌作品的又一结集。这部收录了130多首诗歌的新诗集，以缤纷的诗思、丰富的想象、华赡的意象和深刻的参悟，回答了诗集名中的"去一个地方"到底是去怎样一个地方——这个地方，是精神的天宇、禅的居所。整部诗集，文字干净、禅思袅逸、风格平和、节奏舒缓。初看疑似平淡，细读大有嚼头，是一种需要静心深研的诗歌，一如他心中和笔下的禅。

春波兄的诗歌是良善之诗。惯于早起的人，多是良善的。"一个人在清晨行走，脚步是晶莹的"（《一个人在清晨行走》）。在许春波的诗歌中，"清晨"这个词出现的频率相当高："一个个清晨被我惊动"（《起床之后》）……诗人为爱而早起、为诗歌而早起、为工作而早起，心中充满喜乐。诗人以一种安详平和的目光，打量着光阴的流转，记录春夏秋冬的留痕。他的诗歌紧贴大地，随季节而律动。诗人以一颗宁静而虔诚的心，参悟万物的禅，如《雨之禅》《酒之禅》《书之禅》等。诗人满怀悲悯，关注"路边的早点铺"所展示的民生。诗人对故乡充满怀念，"北方，也有一场春雪／我用回忆呼吸"（《收费站》），缠绵之情，挥之不去。

春波兄的诗歌中，有酒，有禅。他说，"一些地方，只有酒能走过"（《有酒在，日子清晰可靠》）。他在酒中执着地行走，哪怕"时间一直很硬，右鞋底被磨出洞"（《带路》）。他说，"逃到南方后，只能寻佛指路"（《悟》），在虔敬的参禅中，寻找生命"本来的样子"（《九九最后一天》）。他的诗歌也不乏绮丽的想象和充盈的诗意。他用柔软而温情的文字，"来抵御来过的和珍惜过的真实"（《用文字抵御夏天》）。必须指出的是，春波兄的诗歌面貌，并非单纯呈现出一种温和的面貌，他的很多诗歌，譬如近作《秋风》，就以一种浑朴的意象、苍凉的格调、悲雄的造境和辽阔的时空而出彩，充分彰显了春波兄诗歌的丰富性。

　　诗集《去一个地方》即将付梓，我遵春波兄所嘱，赘言几句，权代祝贺！

目录

目录

去一个地方

目 录

去一个地方

冬天围拢过来，散在镜子上

变冷的冬天，默许一面镜子

把水，清澈成水

安慰着，原有的路径

和开启的窗

涂上黑色

打破之后，消失在光线里

用干净的声音

一片片寻找，粘贴

补好冬天的裂痕

成形的旧事，挂在上面

轻缓剥落

一直，冬日的某一面镜子

都是清澈的，偶尔的灰尘

散出暖暖的，醇厚的

酒香

也有影子来打扫，化妆

有足够的理由，为雪花

测定准确的射程，靶心辗转着

还在等候

残余的镜光，滚来滚去

滚成射向严冬的又一颗子弹

冬天围拢过来，辽阔清新

呵一口气，散在镜子上

挂起来，雪就晴了

紫色的阳光蜂拥而至

用一种光，代替另一种光

突　围

阳光筑成河堤，这个冬天
只能突围，从雾霾中，悖论里
用酒精漱口，消毒，翻越口音障碍

铁丝网守在身边，准确地
拉破衣服和目光
手指插进黄土，不能生长
只能，慢慢枯萎

面前的窘境，被风吹走
小巧的江南，有绿色的网
白云无处躲藏，心即静
万物虚空

是的，该打碎肉身
这样，可以提前进入春天
世界都会软下来
会被一只最早的鸡雏
啄破

与一个声响不期而遇

可以肯定，突围

还是没有成功

旅　程

车厢里浸泡着，漂浮的面孔

来自四面八方

长长的铁轨，被异乡人

拿来描眉

握着的笛声，灼手

剥开指尖上四个螺纹

排成密码，锁住背后的轨迹

站名外，是简单的括号

填进一个地点

试着，在每一段铁轨

敲上一敲，在陌生的地域

做一个真实的投影，或者

从飞行的空气中，拔掉

几根迟疑的白发

去哪儿?
我们忙碌地飞过
带着不变的问题

重　复

路灯周围的余光，一片片击落

抹在一张清晨的纸上

类似于雪，松软，熟悉

回去的路，慢慢诞生

总是从清晨出发

一个清晨，就走了一年

和之后的很多年

管理的数字，在账本里跳跃

争执不休，计算不出

回程的长短

故乡悠然地走着，走向他乡

已典当的过去，看来无法赎回

晨间的炊烟，结成网

连着弯藤，爬在暗暗的墙上

于是，南方的凉气还是浓了

在这个时候出发，可以用脚印

抚摸一个地名，温暖动听
亦可以拍下背影，以此证明
关外的出身

在清晨，都会陷入重复
像写了多年的简历
除了年纪和体重，一切没有增加

之 后

看看吧，这就是活着的毛病
几年来，我的表达习惯跑题
重心也偏离
我来这里的真实目的，不是看望冬天
是吊唁

只是想说，在冬天
寻常的景地，都带有春天的样子
这就是南方的气候
没来的时候，这里的冬天是静止的
我确信

原来冬天就是个摆设，夏天也是

歉　意

固执地成为健忘者

这就是要表达歉意的原因

已经被虚荣，包围多年

所有的一簇一簇的花叶

都在时光中衰老，顺着风的脉络

走向一个躲不去的真实

往日披在肩上，有些生锈

花期尽管缓慢

还是陆陆续续地带走了指温

把枯草一根一根拔下

编成一个可以微笑的图腾

以简约的心

把无色无味的日子轻轻梳理

不节外生枝

收集一些古人的诗句，浸起

等候发芽

雪花的缝隙里，开始停留

要准确描述，腊八之夜的雪
一些陈词，都必须打上马赛克

这些雪花，会遇见大地的嘴唇
我的影子穿行雪的丛林，做移动的幕布
遮住一点点儿，也够了

脚印攀登在路的枝杈上，一边是进
一边是退

在雪花的缝隙里，开始停留
试着用一片雪，来擦拭另一片
然后现场直播

你冬天的注视，是遗传
在雪中，有刺眼的暖
我的足印，一直在回头
看看

腊八之夜，谁

推迟了春天

继续品红

不一样的红楼和酒，像杜鹃花儿一样开放
在品的夜晚，多一层致命的诱惑

站在一个章回，模糊了起点或者终点
轻叩那些迟疑的目光，会有一阵温和的回音

还是和以前一样
捡起一些沙砾，一些珍珠
然后转身，继续走在一个柔软的日子里

守望放弃时间的年代
总是在偷取一些心跳
站在红色的影子下，抚慰以后的一段幸福

孕育祥和，一批纱上
亦会有红色的脚印，时间藏在其中
给流年巨大的惊喜

是呀，走了太久，一个五百年
一个五千年
雨在屋檐，奏一曲枉凝眉
溅起的炊烟，仿佛在叩门

好吧，我们等在这里，聚齐后再出发
都有唯一的方向，若是那些约定还没有到来
我们继续品红

那些曼舞，掀开岁月的一角
让我们听见，丝绸之路上的唯美，以及风沙

是的，品红——我们在这个词语背后
躲了很久

打　猎

旧篱笆是沉默的，还有记忆的硝烟

那些半开的窗户，植满弹壳

我还是相信，那些枪声

多么温暖，我经常犹豫不决

秋天和春天，一样的距离

胜利后的呼喊，挂在蒙古包上

枯草深处，还是那棵草

忙碌的猎物，随星光摆动

收买过了时间

却没能收买，倒下的涅槃

即使，在一棵树下

勾勒你说的弹道弧线

坐标的原点，也无从考证

在无数的草地

开了连锁店，用于打猎

只要你记住，同样的招牌

在阳光好的日子，都举在手里

还要借一把刀

切开草原的荒色，还有寂静

在雪地里，拉上幕布

遮住蓝天，要绝对的白

角　度

荒废的时间，也弥足珍贵

例如发呆，沉静，醉倒

没有谁指定时间的用法

用掉就用掉了（早晚都要用掉）

角度很多，换换

例如阳光，雪地，乃至雾霾

都是产物，无非

制造人不同

靠近春天，阳光才是强心剂

风干的秋草，变成石头

之前的石头，变成青草

日子就温暖起来

如此，才会安详

才会走远

圆

冬天过去，用声音叩拜

清晰，透明

佛面的朱砂，开始融化

借一盏红烛，用光扫静

扫净

背影落在地上，围成圆

开始转经

顺便，修葺去年的庙檐

和允诺

圆上，开一扇门

让禅意，自由出入

忘记，归途和来路

忘记，存在和消失

双手捂住一点关于尘世的时间

小心翼翼，做种子

植在圆外

浇上足够长的打坐，或探望

会闻到，细致的花香

晨起听经

眼神被拓下来，晾晒

然后浆洗，复制

以过客的身份，再一次走过

接受起落，迷悟

风被冻结，头发失去方向

梵音变轻，变长

时间久，身躯会渗入泥土

与草平行

辗转的释家，慈心法喜

向我拈花招手

我厚重的肉身，飘忽不定

法界蒙熏

扔掉一些俗意，的确

无处可逃

放一杯酒在肩上，双手空着

放一杯酒在肩上，双手空着
路上车灯闪闪，走进岁末
一年一度的时光，所剩无几
晨曦走来，抚摸花白的头发

我用这杯酒，连接春天
再用另一杯酒，指路
如果可能，改变月亮升起的方向
这样就可以转身，从终点走回

路边的早点铺热气腾腾
他们比我，更希望将城里的日子脱手
还没来得及看清异乡，天空就融化了
模糊的酒气，触不到清晰的世界

一年的时间，浸在酒里
扛在肩上，热气腾腾

我站在岁末的嘱托边，感受
远处，目光的潮湿

时间如网，捞起酒中沉淀的善良

放一杯酒在肩上，双手空着

这些雪会成为土壤

草原还在，蹄痕还在

影子，却成为私访的观众

在雪地里，融化

成水后，击中厚厚的冰面

浪花连连

阳光如杯，盛满影子

浴着微雪，躲过江南的初春

与北方平行，之后

篇幅中的标点，零零散散

枝上长满熟悉的白雪，却开始陌生

无法收割，也无法储存

在乡间，找不回那个工具

原来，我放牧的

只是虚无

走在路上，被风灼伤

我猜想，这些雪

不会融化，会成为土壤

结出早年的

果实

春 节

这一刻，以为
水是停下的，时间也是
会等着我们，讲完
蛰伏的祝愿

多么相似，每个字
钓着一个结局，或方向
回身捡起，一个个脚印
捡到年初，挂起晒干
存档

卸下一年里，最后的缆绳
靠岸
饮下这些蓝，屏住呼吸

最后，用最轻微的动作
解开绳结和咒语
年就来了

雪　光

阳光挪动着，雪停了
可以用于漂泊后，最后的依靠
那些蓝属于安静，又冷艳

疏朗的清晨，晨曦满满
晚来的春雪，掩盖了地上的秘密
只有阳光，沿着规定的轨迹
滑行，计算

冬还是舒缓，安详
一切沉默不语，等着
升起的阳光，慢慢冲刷

这其实是老家，冬天里
最普通的场景，我却用来
作诗，欣喜

过 冬

停泊在雪地里，眼睛开始讨价还价
明亮的雪光，露出我的底线
苍老的脚印，慈祥地
带我找到方向

只是，春天在走近
冬天开始退场，这是正确的方向
就算用酒杯，也拉不住冬天
阳光会迅速拉着一些青草
掩盖枯黄

与一种结果握手言和
就得从澄澈的阳光里，站起
抓紧一束晨烟，洗脸
忘记，被枪声击伤的
鸟鸣

原　点

可否，换个方式

来纪念雪的离开

佛说，随风来，随风去

在寂静的光中，只要一瞬

即永恒

有些雪，来自多年以前

没有及时成为一种花，或者别的

就开始融化，回到最初

某一刻

会小心地询问，回忆

蓝天下的草地，也开始帮忙

找到一些雪融化的历程

放在酒中

如此，有些雪

就成为坐标原点

在某些时刻，能够看见

我的背影，或正面

种 植

春天成为你背后的头发，柔软苍茫

长短句挂在，你的肩头

我慢慢翻土，梳理

没有合适工具，只能，驾驶雨滴

埋下一个即开的缘

雨在春天坠下

开始种植，植物和植愿

浇上，滴水的善良

能结出佛意的果子，禅香四溢

我还是不能确定，这个春天

谁是一直存在的那个人

那么，我又是和谁在行走，种植？

选几滴雨，刻上文字道符

指甲消瘦，冰凉

伸出，没有碰到云

再看看这雨天，携的黄昏

漏掉了籍贯

试着，选几滴雨

刻上文字道符

做简单的超拔

锈钝的刻刀，悄无声息地逃跑

留下石阶，开始

生长烟色的青苔

钻木取火，点燃雨，和乌云

燃烧的光，洗印出旧照的轮廓

湍急的时间，漂白冲刷一个个

看似偶然的，如期而至

跳进火里，才能看见

刻刀跳动

指甲，慢慢成灰

没能成为，清香的

舍利

归

阴天的早春，一种声响在催促
幸运地醒来，以为还是如常的一天

异地十年，别在胸前
挡住灯光，与时间无关
不能忘记的碎色，飘摇

以另外的感官，听取
满满的玉兰花，预告春天的来临
必须信以为真

把暖暖的佛号，镶上边
挂在墙上
春色开始回来，景池叮当作响
窗棂上，再挂满声音

然后，继续听你
用最缓慢语音

轻呼，时刻漫长

也许一秒，也许千年

风微微晃动，一声归来

一声归去

即

换个角度，不念及
迟开的月色，和过程
实际上，有很多不同
谨记并标识

过去的日子被洗得干净，吉祥
与即来的日子，盈盈而望
可触摸的，很难是真实
暗语游离

耳朵有些失聪，辨不出
声音的另一种含义
想想即开的一朵花，是推开
世俗的凉，还是散发沁人的香

而我，和衣而卧
试着，邀请佛
来身边端坐，讲解
如何即应即答，离相离念

阴 天

被阴天淹没，说不定会长出青苔
文字上的痕迹，不刻意点出
有些，会长上翅膀，有些
会被洗干净，挂起

阴天的时候抬头
不会被阳光打碎，温度适宜
于是折花酿酒，酿一点
留到秋天

阴天穿行，身边的人
亲切地招手，碰杯
也有陌生的目光，清扫陌生
在边缘的边缘，发芽

绕过一些台阶，脚步会曲折
不看上下，来路归途
顺从地敛起沉默和欣喜，折成纸
做路程的封面，来掩盖喧嚣

阴天里的光阴，的确

如佛所说，可以在禅堂里

虚度

悟

躲在另一面，被点化
按照佛经里的法语，对号入座
观照，听到了，悟不到

双手合十，得相续相
我看到好心人，在春天行走
也看到有些人，在咳嗽
佛不在以后，旌不守舍

绕坡而过的河流，载满佛法
老家的炊烟，敲打着木鱼，
自性一心，我的身份模糊
有些影子变短，变细
逃到南方后，只能寻佛指路

了不可得，只有靠着
点点的微光
看清段落，万物欣然
在春天停下来，行走

期　待

侧过身，江湖就窄了
时间高低不平，躲在旧的台阶上
计算，上下，多少

此时的阳光跳在幕布上
开始与世界，讨价还价
每一结局的四舍五入
都需要勇气

把舍掉的一点，打扫种下
也许能长出一匹马，或者楔子
把窄的江湖，踏平
撑开

九九最后一天

日久，褪了僧衣

成为本来的样子

走出历史，然后走进

灰尘和一块碣石

阿难和迦叶，守在佛前

见世人焚香顶礼，找个去处

安身消业

收获另一种从容

眼睛闭上，一片橙黄

沙漏下的时间，泛着波纹

不能归一，就无法听取

粼粼的初意

世间的馨香，从归一开始

浮沉生长，轮回往复

反观我们，离禅已久

亦是偶然

由来一瞬，自是院落皆空
掩卷低首，也是
本来的样子

春 意

远处的陶潜，打着手语

不屑用茶，来点破

草庐下，冒着热气的清静

咕嘟作响

满是尘烟的年代，支撑起所有的繁忙

这个春天柔软如初，浓浓的花意

拢起东晋骈文，幽深的暗香把心放下

水不再是水

亭榭边恍惚的影子，不再漂浮不定

葱葱的瞳孔外面，是开始的开始

青苔滋生的驼峰边，一个声音在招手

很快，佛就来了

来了之后，慢慢堆积起耀眼的云

我们得躲在伞下，水还是水

缘　起

之所以，用花香洗脸
可以多留住一点，如佛的春天
这样，走在旧的庭院
才不会被粗暴地粘贴

之所以，安静下来
数数读书，看月和咳嗽
这是佛的春天，没有劳累
接受的，拒绝的
都成为昨天

之所以，陪一段往事
看花，看水看光
这样，被时间洇湿的你的背影
会清晰起来，可以继续用目光
盖上邮戳

之所以，把一些灯光移植

照亮路上的风，可以看清前路

也可以看清，路过的人

没有光，不知道影子倒向何处

时间充盈，打在脸上
是佛说的凉
所有的禅音冒出细芽
采下来，拼成影子

没有光，不知道影子倒向何处
携一滴雨，贴着世路滑翔
影子，可以做帆或者轮子
在微绿的老家，留下证据

滑翔着，离开北方
涂抹原生的口音，剩下南方的雨
一滴连一滴，串成菩提
膜拜后，合十行走

烛音飘起，打在脸上
是，俗的凉

潮湿之禅

隔夜的茶，在静望

老老的几根，浮在水面

守着去年的春天

聊诸善根，诸善行

潮湿没有散去，佛经

还是不能干燥地打开

窗外的鸟鸣串起来，成为

长短句，平仄相当

我看见一些月亮升起来

挂满潮湿

那些禅语，在寂静里

轻轻种下，不被声尘所转

我看见的月亮，其实没有升起来

无人无我无众生无寿者挡住了视线

只能听见的偈语，挂满水滴

看见潮湿的时间，把人抹去
那么，哪一分钟，哪一秒钟？
才是，离苦得乐

光之禅

光贴在额头，还原禅
多情的佛，戴上帽子
把偈语，改成歌谣
招摇过市

背光行走，佛意荫凉
影子没变
这个影子，已经陪伴多年
只有在暗夜才会短暂分开
各自饮酒，参禅

阳光下，皱纹深
且暗
若佛踏过的深谷，经声一句
超度，深浅不一的春天

成为过客，需要佛的点化
波纹式的阳光里，掩埋掉过去

揉碎炊烟，成为今晨的

偈

雨之禅

和雷声对视，才有寂静
可以翻开城市盖头，掠走嘈杂
还是把诵经的声音折叠起来，用香装订
做成信物

一圈一圈的轻雾，等雷声收割
遗落的水洼里，有佛散乱的倒影
缓缓行走，经过一棵草
一个薄薄的清晨

雨滴细密，这些陌生人
快速行走
更迭的声音，弥漫
绕在四周
佛说，不急，不要着急

于是闭上眼睛，看见
匆匆的往来在轮回，被排序

雨的味道，夹点雷声

即是菩提

酒之禅

雨太大，打翻酒杯

用偈语，扶住杯里的名字

几滴雨穿过我的头发

粗略地，称出我的惦记

甩不掉，奔腾而下的雨

我点数的名字，开始在佛的面前

谦卑自律，屏住带着酒气的呼吸

是名无上深禅

数几片绿叶，如水

送去的背影，有佛的慈力

雾浓，在忙碌的渡口

听不见锚声，和佛语

没有雨，也画不出一些法门

熟悉的酒味在昨晚，被清爽地供奉

今晨，再倒一杯酒

离念离相，做香

河之禅

鸟鸣碎雨的自然结合
成为一半春天，另一半
挂满摩诃般若，如如不动
佛在河边，年复一年

此岸春天彼岸陌路
长长的河道里，灌满虚无
船还在，桨也在，目光也在
左手和右手，迅速地枯萎

河底泛起很多种浮生
都是一个个沉默的证人
选中一个，做引子
慢慢印证，源头和出口

两岸堆满了月亮，堆满了鸡鸣
星星成为浮尘，我们躲在其中
喝酒聊天，设计一个个邀请

和佛签好协议，把水
投入水中

阳光稀薄，温度是自然的
用默诵，在早春取暖
然后，盛一杯银河的水
收集月亮

花之禅

花茂盛，挂满枝头
我们，把自己也挂上
那些乌黑沉睡的阡陌，浸满晨烟
我，经常在绿叶的边缘
缓缓醒来

风吹过，开始计划行程
守候花期
佛道本有之真，开始泛沫
随缘消业

收集法雨，选好早春的光
约定的颜色，请铭记
在时间里，慢慢开，慢慢逝
花命卑微

开在春天，镂空几段记忆
时间就翻过了

回家的路，仓促，坎坷
把轮回的痕迹，藏在根上

佛说，成为花
才能忘记，才能被忘记

迷之禅

把简单的结束，一刀刀修正

成为开始

再一轮的步伐，就会很轻

要是加上些禅意，或许就能飞翔

起始因由，毫无所知

甩动水袖采花，在东篱下

而后，驾驶一支乐曲

在一个休止符前，与佛晤面

种种法生，不能辨识

躲在后面，拎着本真

巨大的世网，被撕破

合十，选一种结束

出发

树和居所，还有那些山

都没有动身

青色的瓦片，开始替佛说禅

那么已经迷路，不知道

走来，还是走去

舟之禅

浮在水上，如佛行走
水平如镜，开始反射
反射出树叶，青草
还有河底的沙子

帆落，佛端茶探望
被运走的，已经上岸
解脱，和风悠扬不乱

偶尔有轻烟在河面，被佛拨开
这些疑问一直都在，或大或小
有形无形，心想不空
禅语微凉，将轻烟凝结成雨

船里供奉，船外洗涤
拒绝和接纳，均是法旨
来往皆缘，那么万能的佛
请告诉我
坐船，开船

书之禅

用一本经书，找回印记
苍翠的地边，有虚无的篱笆
曾经寸草不生，只是生长着
一个陌生的法名

大批黝黑的文字，长满皱纹
所有的句号，变成原点
排成队，把我围住
剩余的标点符号零落着
等佛

这是我要去的地方
拗口的文字
在今晨，有些耀眼
在日子的起源，继续朝拜

有节奏的声音，从书中
流走，冲洗清晨里
早熟的氤氲

头发白了
只有阳光，按书中所言
自由生长

路之禅

向前或向后，都能看见佛

左脚踏在昨日，成为虚

清晰的终点，近似于零

弯曲的辙印，等佛摆直

路上的泥巴，拉住我

邀我喝酒，说禅

嘴巴里，缺少佛的氧气

用禅音洗过的阳光，晒干路

包括泥巴

其实可以停下来

翻开以前，把草原葱翠

挂在路上，小心地留下那些蚂蚱

陪佛栖息

但还是把脚印，印在明天

宽窄不一的行程，无暇顾及

拣点枯枝在路上，点燃

的确，没有一段路

能躲过，细心的佛

纸之禅

揉成一团，跳进福田

慢慢舒展朝天

清空字迹，和浮生的褶皱

辗转在莲花间

接住，漏下的禅

酿善根种因缘，心空意净

身在水中，内无心外无界

囿于湖光山色

迷津泛波，何处法门

暂且沉默，然后沉没

感受佛拂来的暖意

没有一张纸，会把飘当成归宿

经文印上，成为黑白色的船

飘在人佛之间

或者，在水中被佛捞起
围住火苗，成为一盏灯
其后，化为灰

风之禅

坐在清晨的鸟鸣上，等

头顶上是树叶，休息着昨夜的雨滴

风被冷冻，储存起来

佛至时，开始发酵

一句经文，击中慢慢热起的风

程序不分先后，一起遵守佛规

只是有些风，带有被鸟鸣划伤的痕迹

清晰的佛法，可以疗伤

不能智慧解脱，只求佛

给一个安置，这样

扫一切法，离一切相

做简单的工具，穿梭

众生疲惫，佛的容颜模糊

禅声变老，变钝

看来，只能用风来擦洗

才是又一次的，加持

茶之禅

"那只松鼠，捧一颗松果

准备过冬的粮食

初生的茶叶，哈哈大笑：

尽管冷，也是春天啦！"

是的，春与茶默契地念经

一起整齐生长，学佛续慧

收集的禅意，慢慢杀青炒熟

放在杯中，颠簸着，去彼岸

光影清晰，春天的回声

叫醒茶园古道

准备了很久

一些连续的经声，被时间扯断

修剪

把茶端起，开始致敬

一声问候来自山里

想开吧，放下，这些声音很轻

很轻，从水里飘出

佛继续拈花，看你

做茶

朗之禅

被阳光击溃，目眩低头
坠入佛境
在季节的路口，双手合十
禅定，成为朗

迟疑后，移步
淡蓝的天空，重新找回
无量无边
这股清香，种植在春天
庙前

佛的影子，柔和如花
多年前，多年后，被空填满
经常出现的这些朗
是某时的画笔，画机描缘

倒映在水上，弥散开来
就是镜

佛云观照真透，即可

落花四溅，清风满天

叶之禅

雨点浓，托着花落下
菩提满地
各种颜色，都是佛的家族
嫩黄的叶子，已经长出

树枝挂着叶，不再干瘦
散步的禅挽住水滴，走在叶尖
乡间的路，如佛前的香烟
弯弯曲曲，又一个历程

叶子长大，拖着禅
飞奔，般若无知
鸟鸣如佛号，清脆地飞翔

彼时，雨开始变大
还有些花，躲在树下
开始想家

根之禅

裹满泥土，找佛安排的路径
原野神秘，那些微笑不易察觉
到最后，数着岁岁枯荣的轮回

一些路径，没有长草
佛指引我行走，打坐
极目处，是结局
或者开始，禅音闪烁

我会忘记，佛没有点出的根
洁白的底部，有禅在滋养
不理会荒去的季节，和冰冷的镰刀
生生不息

迷失在喧嚣的都市
找些草，来温暖佛定义的凉
或者如你所说，让一切倒流
那些，也会
洁白地，朝上生长

月 之 禅

时间上凿个洞，透光

一瞬间，花落得最慢

流淌在路上的静，接住

佛影空，盛满愿望

点香为绳，束起月光

如还有时间，编成辫子

挂在头上，福慧双修

佛即刻笑语盈盈，现身说法

其时，用月光

移走一些，老旧的轮回

佛语甘霖，多种一些星星

过冬，聚会

为新的真实，腾出地方

月光一天天地瘦下，变旧

用禅语轻磨，磨出最初的光亮

佛又走来，一言不发

只是，牵着月光走远

梦之禅

把旧的日子翻新，做成路标
佛的方向，无须指引
顺势，你把老挂在嘴上
把回忆扔进扔出

我开始回味，晾晒
以便，做佛前的供品
顺理成章地学佛
看空

还是借佛，来安慰过去
其实，我已经进入底部
时间，把我遗忘在远处
我听信了佛的嘱咐

就是这样，你说的禅
灌满烟火，和六障
我，甩掉佛和形式
自在地，睡倒

音之禅

卸下凉，放在地上
静的时候，佛会去寻找
穿过山径，进入庙堂
扬起

削薄的禅，蘸在水中
呼吸不再局促
按节奏，平缓悠长
除了偈语，连光线
也不能晒干

选两杯酒，放在山上和山下
佛席地而坐
看你，上山，下山
没有说话

退 出

用来搭舞台的木头，有方有圆

嵌上幕布，道路通达

简易的时光，混淆在一起

上演着休息，掌声和谢幕

没法导演，站在舞台边缘

理解出的剧情，离现实太远

回头，计划都在长大

夭折

风和木头来自北方

所以道具还能晾干，挂起

看见一缕灯光

赤着脚，从舞台上

跳下

晃　动

楼房随着大型运输车晃动
用一杯茶的水面检验
还是选择自己的方式
无须摇摆检查仪，及一场雨

正襟坐好，目视前方
假定，面前有佛
用陶瓷器皿，盛着脉搏与心跳
眼睛微闭，看见清风万朵
世界辽阔

戒律无人提起，也没有暗示
词语浮夸真挚，日渐增多
在手上的晃动，越来越久
为生计麻木，于是不能检验

原来世界安详得，只有晃动
才能停止晃动

梅家坞之五百户

枝尖的叶子，选出两片
分成白天和黑夜
炒熟，放在坛中
剩下的，送给夏

山，一直在群居
被风淋过
多年的日子，泡在茶里
居然没有生锈，浩荡
桥影起伏

黛瓦下的五百户，手挽手
把山抱在怀里，飘起
又沉下，如一杯茶
氤氲蒸腾，淹没水面

如果可以，选五百片
都雕上纹，刻上字
泡起

春天看见冬天

端起茶，测量温度

晃走俗尘，捻碎雾霾

看着人来人去，收集

不一样笑声

用凝滞，唤回冬天

继续保守的秘密

尽管阴，还是摸索着

走进黎明，雷声匍匐过来

种下捡拾的背影，夏天时

就会长大，开花

我设想

在山坡上，选片绿地

一些往事长出根，像雪

盘绕在脚下，成为倒影

和风吹来，找不到必走的路

你把累递给我，叫我解答

后来，才可以在夜晚

熄灭一盏灯，躲开冬天

眼睛微闭，安祥地

询问

陈　香

赶在天黑以前，收集点晚霞
夜晚时盖在身上，挡住星光
选一些词语，密封发酵
天阴时打开，看一股陈香

在慈祥的陈香里
顺从地飞奔，吃草
飘过，其中大半
指向我的童年，指向原野

这些隐秘的陈香会被聆听，清洗
有时候，被褪了颜色
我的鼻子，一直在睡着
如你所说，目的地相同
却不是一个班次

这是最欣慰的假设
其实没有天阴，仿佛都是艳阳高照
成为一束草，或者一丝静

接下来的词语，全部

在墙上

无光的时候，轻轻地坐下来

有些燕子要飞向北方
我轻轻坐下来，开始饯行

风化的作业有点泛黄，评语无从找起
只能拉着原来的我，慢走
看见你之前，没计划休息
也不确定，一杯酒
何时煮沸，我拉着我
开始品酒

阳光照进，香烛婉约
我推开我，试着回避
事实上，我和我都是影子
无光的时候，轻轻地坐下来
开始消失

一直没能坐下
那把椅子，已经飘走
以为可以坐下来，休息

可时光之水，连绵不绝
连绵不绝

春天开始告别

道别的声音跃出，飘得有点远
已经多年，开始忘记
之前的生活，包括
身后的地平线，一次次地
清晰，隐去

迈步，影子总是一个方向
一遍遍听到，头发变白的声音在回旋
也击打着春天，和胆怯
家乡的印记，在这里的春天
只能一次次回避，躲起

闪光灯的笑声，醒在当下
把从容定在一瞬，前面的时间
被咔嚓一下，截断
包括，牵过的手，目光

自然的笑声，用于雕塑
成为春天的象征

之后，和理想

客气地干杯，道别

指　定

披着阴影，坐在黎明下
鸟的呼吸，出现在二十年前
那时我还是一棵树
还没有开花

一直没有注意，从故乡出发
会长大，迁徙
会走进时间的深处
接纳你所有的暗示，包括轮回
成为参照物

于是推开门，走进你指定的走出
在你的要求下，把经文弄乱
打破固有的轮回
开始成为你的影子，与匆匆的时光
纠缠不清

你陈年的笑声和当下的晴
也揉在一起，生命变轻

最希望的，在清醒时
走进指定的末日
不再，迷失

计算机语言

用编程的方式，写诗
主要是汇编语言，设计结果
生成目标文件，等着你来执行

阳光明媚的时候，按动回车
尽量，避开风和长发
和雷声的干扰
或者和雨擦肩而过，装作
互不相识

每个阶段的结果，都是正弦函数
计算机算出的影子和身形，大体抵消
鼠标有些发亮，透明
我利用高级语言，简化了细节
进行对接

这样才有点意思，看见多年前
你留下的一个漏洞，我
还是无法躲避

只能用买来的软件，打一堵墙
一次次更新

计算机的语言太轻，眼神太重
于是用额外代码连线，做成网
然后
系上你的眼神

乡 烟

吐出的烟圈，平平缓缓

用于浇灌这些坡地

一些庄稼站在北方，相伴生长

素旧的时刻，把你带来的一缕风

施下，长出烟叶

解除原有的预言，用想象充饥

你确定没有来过

我的眼神在这里，悬挂

渐渐风干，坚硬得难以融化

那些做肥料的风，是最真实的虚构

长成的烟叶黄绿怡人，心情很脆

露水打过后，味道也正好

我已经忘记过去，即使被谅解

看着烟叶，慢慢晒干，晒干

你小心地用柴点燃，然后叫我慢慢走远

收费站

过后，夜晚和清晨

就很干净，温度也低

呵出一口气，居然

有旋涡悠扬，夹杂着昨夜的酒香

北方，也有一场春雪

我用回忆呼吸

空气清冽，甘甜

没有昨夜的风，就会在新鲜的喧嚣里

醉倒

文字上长满苔藓，小心地翻开

才不会抖落昨夜的落花和雪花

却无法拼凑，你想要的图案

和一些季节，越来越远

试着搭起帐篷，用一场风一场雪

里面落花满地，雪花飘飘

帐篷外，草原辽阔

躲在里面，不再行走
享受残余的冬天，和春天

收费站前，回忆已经超重
要么卸掉
要么罚去一段我走过的季节
好难，那就停下吧

把雨掰开

一场雨，掰成两半
一半盛在杯里，一半烧开
用飘起的热气，画一个图案
映在杯底，做飘散的云

落叶镶嵌在路上，等雨走过
然后，把时间染黑
用下一场雨清洗，漂白
送走

河水收留下半场雨，安静地打盹
偶尔被佛叫醒，看着另一半雨水
飘袅出凉凉的，波纹
横跨，此岸彼岸

的确，有雨的季节
才是季节

聚　会

时间，砸中脸边

溅起，乱蓬蓬的语言

春天提前过去，把召唤的手放下

用酒，沉淀出结局

偶然的目光，发酵在路上

叶片上停过的光阴

在单薄的手中，干燥成型

用一个回忆，把过往掏空

小心地颠覆

这个黎明，开始忘记

打开的天窗，露满星星

远去的，只能

慢慢穿越，或者可以苏醒

见证旋转的光阴

你最初的手势，依然清晰

时光闪闪，从前的假设

被收走，站在十字街头
扶住影子

看到一朵花

日子上多了细纹，一如脸角

隐藏了好多沙子，或杂草

我们却一无所知，日复一日

行走，睡下，变老

这就是我看到一朵花的原因

在城市阳台，用省略的眼光

观察开放的红花，记录在折页台阶上

当成季节的门票，走进后剪掉一个角

最后用记录仪，来还原和解释

用一点汗水，把红花培植起来

画上一个心形的边界和方向

插上帆，开始航行

此岸就是滔滔江水，不确定

在哪里，启航

或者在哪里，找到栖息

方向和目的这两个词，已经逃离

月光隐去，阳光渐渐生动起来

照在手上，花上，光洁如初

3D 打印机

江水翻腾，顺着起伏

点燃一炷香，一划而过

到彼岸，途中

把一根根骨头，扔进江里

剩下，松软的肉身

江水浸泡下，混作一团

不能用滚筒碾成纸，只能做打印材料

用 3D 打印机，打出自己

试着，再活一次

城市之外，很多内容需要理解

差点高过城市，阳台的玻璃也透明
看着江水，眼睛短路
的确，比看见的要长
只看见线段，近似于恒定

我们的图书，铺满阳台
等于铺满城市
城市之外，很多内容需要理解
茫然，有些疲倦

的确，有时只能翻开书本，问路
却没有想要的答案
那些缜密的文字，只能告诉我们大概
况且，有些地方隐藏很深
或者，我们消失之后
才能看见

或者，如是我闻

签名书

城市的斜坡下，江是平的
都没有办法，捞起打结
时间和水匆逝
选几本书，签上名，记录时间

站在文字里，其实缺席
走进陌生的城市一样
一不小心，会转错方向
骨头上的味道，打磨不净

可拿着书，像捧着奶茶
温暖在手中，这些熟悉的
作者的名字，会叩响明天
打开昨日

此时，假设江面上还有炊烟
太阳升起
于是，那些书香如光
披在身上

用多出的这根白发

系起来，在江面飞行

种 下

风一来，千岛湖的湖面上
写满了字，隶书居多
有船开过，那是具体的波浪线
用于强调
一片安静的天空，把展架卸下
听，钟仪的琴声

然后书香弥漫在岛上，挥之不去
其实还有一点点愿望，
假如某一天
回来或路过
采摘我们种下的昨日
还能再次坚守

或许，只能看见或听见
一些隐约的琴声
种下的书香颗粒无收
我还是会找到种子

再次种下，用我们浑浊的目光
施肥

看着千岛湖，慢慢生长

带　路

途中，被风拉住
问路，问一个非常熟悉的地方
我却回答不出
这种情形很多，因为在路上
风其实很多，来自各个方向

熟悉了就会忽略，收藏起一点陌生
慢慢享用，路上一下子静悄悄的
我从指甲里慢慢抽出
迎着光，甩出半扇彩虹
遮住畏光的左眼

多数的时候，还是都会慢慢想起
用老家的风灯照着，新鲜的煤油味
灌满袖子，这样才有方向

日子久了，视力模糊
也会带错路，那么
在错误的地方，转转

顺便躲开，世俗里

纷乱的脚印

听 课

决定去听课，是午饭之后
从日常的动作来说，非常连贯
行走和停下，就是白天和黑夜
停下才会做梦，才会静想

课堂上习惯睡去，被书声淹没
做的梦如夜一样，厚重
非常连贯，这是怎么啦
在一堆书中间，不是青衣
是老生吧

下课之后
在高铁站停下来，对比
是车快，还是时间快
撞痛我的眼睛，不是你
一直是时间

时间面前，一切都是静止的
我们在站台上，开始复习

那一瞬，一只蚂蚁

和一只蝴蝶，已经下课

凋零

起床之后

一个个清晨被我惊动，我照例泡茶
外面的鸟叫声有些墨香，夏天的味道
也照例把昨晚定掉的早饭安排一下
心情很静，经常，峰回路转

对，按照这个节奏和心情写诗
做饭，然后看脸
在大千世界里低下头来，默然不语
淘米水，放久了，才会清澈

拙笨的场景，留在文字里，凑数
我把自己换掉，改成另外一个人
重新经历，一场看得见终点
看不见过程的行走

可说的事，能做的事很多
今天黄历上，又是诸事不宜
看来，只能把卦书放在一边
原因也简单，清晨很短

夏天，可能还要很长的时间

黎明的时候，听到一点风声
这促使我用另外的方式，迎接夏天
把春的一点残留吹走，静坐
顺便，听着飞鸟翅膀传出的
淡蓝色的图案，夏天就不远了

走过的，没有细细地点数的昨天
停留在桥面上，安详如初
这是一条柔软的路途，仅有的一点灰
也被水冲走，我极力掩饰自己的衣冠不整
露出自然的笑容

坐在夏天的时候，月光很明
一下子忘记最初的目的
眼前的图画和文字，载满夏天的幽深
供人阅读，采购，无须现款结账

面对着季节的倏忽，我谈话的对象很少
我设计出在夏天使用的音色，只能

送给你遮阳，挡雨
或者用自己的手挡住溢出的水
斑马线前，礼貌地停下

这是最安静最匆匆的夏天，我听到风声
在一场交通事故时，也听到巨大的声音
把我包围，的确，好多路
被填满，正如你的预言：
夏天，可能还要很长的时间

温度升高

此时我走在外地，根据就是多年前的假设
时间一直很硬，右鞋底被磨出洞
脚印，就一半虚一半实
是的
这也没有关系，我们都在寄居
没人在意没人注意

眼睛睁开闭上，刷新
测量温度，顺便
与看见的世界邂逅，告别
蒙古老家的温度
也慢慢升起，向南方致敬

流动的，积极的温度
有时把我拦在夜里，拦在书桌前
签名，谈心或自省
语气适中
我就在寄居和流浪间
来往，缺席

总之，温度高低无人提示

与体会有关，从汗水中爬进爬出

习惯了，就不再躲开

晴 了

昨天要是没有雨，月亮就圆了
这样，可以把明亮的时间交到一杯茶里
就着月色，放好合十，用风晃动
再开一瓶酒，对酌，修复

然后，在月光里坐很长时间
甚至，可以坐到清洁师傅上班的时候
顺便可以听见我的胡须在生长，头发变白
湖水结冰
——可是突然有雨
计划全乱了

不过还好，今天才是农历十五
晴了，天空湛蓝
江南的小令，被阳光汇成溪
见到一次
文字与目光，就会碰撞一次

阳光越来越清澈
于是边做早饭，边想着轮转的天气
有些高兴
今天，得把潮乎乎的棉被晾晒晾晒
包括蛰伏的约定，往事

晴　了

雨　后

想想看，滑溜溜的石头

在清晨，被干净地打湿

草地上的白花，很是晶莹

不用说，有一场雨来过

也有一场雨在路上

夏天顺流而下，囤挤在枝头

我低着头，注视着写好的文字

干燥刺眼，没有雨的气息

从前言到结尾，被模式填满

一些意境，被忙碌匆匆吞噬

雨洗过的城市，开始变得潮湿

石头，也不再光滑

雨雾升起，象迷路的烟

挂不到老树的枝杈上，低低的

散去，弱不禁风

要是能看见，文字渐渐化开

舒缓，旋转着流淌

离开干燥的雨声，该是什么样的

幸福

立夏，一滴水

用一滴简单的水，就可以测出今日的节气
气温上升，绿叶和路程
自顾自生长，只是面对着倏忽而逝的场景
还是不知所措

这是节点，回头望去
每天凝聚的一滴水，都在测量阴晴圆缺
未来的一滴水，一个个如鸟鸣绽开
成云，填满异乡的空

场景里的影子和台词，也一直想梳理
就像在北方的这个时间，开始栽葱
剪掉多余的葱根，栽下
边培土，边等候秋天
可今日才立夏，一切太早了些

只好做好记录，对每一滴水
结成集子，做你睡前的读物

除此之外，我的左眼看着右眼
记住，你设计的，二十四节气

途 中

睁开眼，外面的光线

等了一段时间，所有的回复都是欣喜

有些简单，与过去同一时间出生，绽放

把沉郁的一种感觉放生，天高云闲

在夏天，就有了一些慈悲

这是生命里的节奏，我们都是远道而来

索取，或者还债，相遇，或者离开

道路都在重叠，过往穿梭

一些细微的变化，忽略不计

只看见一些声音，走近，散去

有的留下影子，有的留下灰

有的，生根发芽

确实如你所说，在清晨

想法有些飘忽，会忘记白天的很多

只有，途经一些车站

才会回过神来

用行走的脚印，慢慢寻找

信息一多，一些来源模糊不清
我拿着装订线，收集整理
寻找一个预言家，拜师学法
辩出真伪后，继续重复

抓一把阳光擦洗，皱纹频出
天空明亮，泛着波縠
可是，早晨的眼神有点锈
用行走的脚印，慢慢寻找

日子一个个下沉，消失
脚印，可能会漂起，游走
成为船，漂起，成为鱼，潜下

也在一朵花面前，寻找种子
你送给一个温柔的词，叫作因果
寻找花的前世，阿弥陀佛
得加快节奏，趁着秋天还没有长出

时间久了，我能够稳住一些心跳
尽量，剔除掉你的脉搏声
不被干扰
只留下披着阳光的影子，静止不动
成为标本，慢慢风干

最后被风吹走，这样
才有，理由

走 路

已经没有可能，赤脚奔跑

熙攘的人群，无处下脚

走在秩序中，脚步一起一沉

世俗很凉，难以猜想

大概算起来，脚步的数量

看起来多，数不胜数

其实，枯荣的速度

超过计算的时间

我已经忘记了你的劝告

你说只要时间足够，加上水

以及足够的路程

所有的种子，哪怕是石头

也会开花，结露

我茫然不知

锦瑟的弦接在一起，成为长长的线

我走在上面，还是五音不全

你拈花的手指，慢慢挥舞
指引着我，徐行
无须，左拐右拐

听人说起青海湖

泊在高原，用筝声涛语渡世

花开过，或者还没开

几滴湛蓝，散在身上

除了这些，都是苍黄的印痕

这是你说的青海湖

幸福些吧，月下的澄静

散在湖面，心无限小，无限空

远古和将来手挽手，一起走过

我们从一个个朝代，转世而来

存身于彼此熟悉的虚空，不期而遇

形式斑驳

可以，把心切碎，留一点在湖里

冰镇后，有淡淡的咸味

这样可以存放很久，很久

待到返回的时刻，或许

还能记起前几生的几个名字

湖水寂寥苍凉，覆掉你准备很久的悲伤
和湖边的树，继续握手
清澈的，湛蓝的一个心片
浮起，还原

确实有很多痕迹

面对面走来，在城市里
相互致意，说一些流行的话题
用配音演员的语气
乌云后面的阳光，把影子，掠走

相互抵消，雨声里
长街如河
此来路，为彼去处
走过后的脚印，在不同方向

手机记录下痕迹，在诡异的插件里
没有慌不择路，每一个事件
都有缘起

由此而来，在路径上，没法回头
只能从凌乱的剧本里，找出痕迹
和你说的美景。的确在对岸
没有僧衣和佛性，亦不能到达

于是，把手机关掉，抹去痕迹
听风，或者佛来讲话
尘世的言，变成非言
把脚印连起来，一个接着一个
开始非听

有酒在，日子清晰可靠

烟只有一种度数

酒有很多，这也是喜欢酒的理由

当然，在特殊的场合

也会选另外的答案，与真实无关

一些地方，只有酒能走过

年纪越大，脚步沉重

心里空，欲被时间吹走

我们结伴而行，走不过的

叫酒先过去，那是另一双腿

很多地方都陌生，也许有酒

挂起一串铃铛，盼望着用响声

下酒

顺便，清洗越来越多的嘈杂

让上古的月光，继续照来

有酒在，日子清晰可靠

生活在初夏，忘记半生不熟

这是常态

有时真的没有办法

拉不住，要醉倒的一杯酒

在晴天容易想到山顶

下落不明的眼神，被挡住
仓促的心，找到一点空隙
自然而然地要求放逐
成为山野里，一茎草

把蓝色踩碎，遮住身前的影子
用杜鹃花，围成纱窗
露天而居
除了砍柴的声音，一切都静

居所，被山风清扫
散出岚，沾在鞋底
弯曲的鸟鸣，把清晨打湿
我开始拾起蓑衣，走出放牧
左手清晨，右手黄昏

嫩黄的藓，蔓延到雨天晴天
我用显微镜，计算出生辰八字
还有时间

于是，我们在山顶，侧身而过
不打扰花和鹭草
做，短憩的尘

昨天清晨里看到一点霞光

想起昨天的霞光，或许在今天开始发芽

茂盛的形状，长成云腮边的红

而且，我还是在窗边透过雨张望

试图找出，光线之外的空白

长长的时间里，我们一贯如此

在弧形的光线上，按照曲率滑行

你把一杯茶，倒在遗址上

开始失眠，数数

光线滴答，如今晨的雨

远远地，砸在山顶

溅起一串清新，这是请柬

只能把山那边的预约取消

留在这里，看光线生长

在光线里，我们就是光线

会如以往，一点点落在地上

不能让人发现，这光线越来越暗

越来越暗

直至——消失

前段时间雨过后的一个梦

你用茶我用酒，拼凑

就是凛冽的江湖

这么想的时候，太阳正在升起

枝干上的叶子，继续变白

好了，我选择继续睡去

到达一个地方，熟悉程度

像我自己的左眼和右眼

那我只能闻出味道，确实

看不见自己的眼睛和声音

或许我能走到草原的边缘

才看见来处，才能看清这个地方

其实时间久，来处已经不重要了

只有熟悉的酒，芬芳甘冽

这样我可以邀请你来，抚琴

在草原上静坐

把酒烫热，驱赶世俗的寒气

你拈杯一笑，学习诸葛先生
用茶借风，吹散凉凉的江湖

外面还是有说话声传来
把我惊醒

在一种日子里练习签名

漏下的光，就是我们斑驳的日子

没有一种化妆术，能够掩盖

用天上的云，或许还能掩盖一些

可云总会散的，有什么用呢

你这样问我的时候，暴雨就要来临

山里的昆虫，早早撑起了伞

我一点没有着急，因为

你的问题，就是一把伞

现在，盘腿而坐

等着终点按部就班地来临

顺便，在斑驳的日子上练习彼此的签名

否则，在终点的签到本上

没法证明，你是我

我是你

母校听课的记录

天气凉得风力十足，只有我们的脚步匆匆

陌生的知识赶来，把我挡在门外

成为逃心的一员，眼神模糊

如一掠而过的佛经，无法跳进

你凌空虚点，然后微笑

拉开这扇门，邀我进来，听经

静下心，解开二十多年前铃声

放在课桌上，未及擦洗

就被你看透

学习的日子，醒来

成为夏天里，一片葳蕤的叶子

在枝上，随风摇动

时间躲在里面，发二十多个芽

手里一下子长满绿树

眼睛里，盛满倒影

你继续用经文浇灌

左眼是书，右眼是禅

清晨里想到的写作

开窗，风重新进来

修改用错的词语人称

嵌进眼睛成土，然后

把整理好的文字，种下

深和浅，都是回音

没法从一声叹息里找出欣喜

或者从欣喜里找出叹息

都没有可能

风会拂过文字里的缝隙和折痕

停在蒲团上，不偏不倚

此时用闪亮的刀刃，剪掉一些文字

那是意外生长的枝杈

不能摊薄，我也是用哲学的术语

学佛说话，不关心未竟的结果

只能确定，是走在轮回里

这些，都会遇到

去一个地方

在清晨，写作修改，时光宁静
不像有些人，赶去爬山
以至于，停下来时
气喘吁吁

下雨后走在路上

走在雨后的街上，选一点凝固的声音
埋进雾里，不做穿透和说明
想必这个雨天是多余的
因为随时，可以剪切复制

用上了计算机语言，说明我在退化
走着走着，就有可能回到原地
不过，得绕过那汪水
否则，会被吸走，成为水底的风景
.

原地上也肯定有很多废弃物，散落着
那是时间段里，仅有的舍弃
我要是还能回忆起来，必须慎重
否则，会打包带走

这就是说，走在路上
却不一定在路上，或者还有一堵墙
能够推倒，飞起的水花
溅了天空一脸

从一个日子里逃脱

不说撤退，也不说转移

从一个日子里逃脱

来到另一个日子，觉得轻盈

可以更加安静，听得到余光

淡色的早霞敲响了山顶树梢

这是喜讯，尽管

路过的黑夜，清晰可辨

所有的场景，都可以自言自语

甚至夜晚蛾的叹息，也有落叶的形状

这些都是过去

是的，从一个日子到另一个

我们得从过去算起

减去两边的虚无，就是总数

我一直不敢点数自己，怕被时间忘记

偶尔，数数前人，放松一下

走过的影子，还在纸上弦上跳动

不错，都是 206 块

很少有例外

投递员的清晨

清晨五点，投递员开始集结
数出自己投递的报纸，顺便
和清洁工老乡，谈论东家的琐事

听着同是异地的声音，我成为马路边
最凉的叶子，看见葱郁的森林里
模糊的天边，发亮发白

背着我自己的邮袋，找到订阅者
这很艰难，清晨的反面
经常会回放，会挡住阳光
绿色的邮包前，围绕着不定的漂浮

安静终将慢慢散去，人们也开始上路
一个个交通工具，经过我
我们微笑着相互致意，投递之后
今天的终点不同
远处的终点，没什么两样

有一阵风被北方修复

找到一块透明的天空，收集溢出的
翠绿色的阳光，凉凉地挂在窗上
验证你说的轮回。我不能确定
因为阳光都不一样，风也有些区别

昨夜，有一阵风被北方修复
套用去年的标准，确信某个系数出了问题
你还是坚定不疑，被往事拉住
风铃的声音有些轻柔，你突然说

用几片叶子，就能把风点燃
闻到熟悉的味道，隐约地
像回到了北方，我们又是主人

在草原上，我就可以用微风
或母语，描述一个名字
所有的草都会伸出手，传递
直到，你的到来

一早就有扫地的声音

很随意，让这一天走开

一个个空白，被填满，遗弃

生活高雅粗俗，明亮灰暗

我能够看见你扫地的声音

还有你叮当的昨日，挂在手腕上

有时你抬起头，用目光

检测天空，准确地预报出天气

和尘世的拥堵

提醒我记着带伞，带心情

月亮升起的那一年，一些星星四溅开来

我沿着溅出的轨迹，画弧

然后在弧上行走，看书

你继续扫地，梳理轮回

细微，已经无关紧要

试图推掉熟悉的结局，找些陌生

你把满地的树叶落花整理起来

做成饰品，在每一个月明的日子
挂在行人的头上，做接头的信物

如此而已，我们都有序地
走在路上
基本上，不言不语
看到扫地的你，还是微笑致意

关于丢失的一滴水

一滴水，在没有注意时

悄悄逃离，装成风的模样

紧凑的情节，就会被忽略

打开灯关上月，世界继续安详

拿出笔，记录水流之路程

在确定我清醒之后

有些行踪，成为问号

只有，你的饰品

静静地，在颈下指路，搀扶

风把眼神过滤，有些弯曲

我早已忘记，你遗落的那滴水

凉凉的，就是一段记忆

被时间一次次击打后

成为琥珀

就是说，关于往事和一滴水

已经结晶，固化，没法破案

在阳光的冲刷下，时间清澈起来
我摊开左手和右手，一半是水
一半是风

安静的夏日，就要静下来

流水的督促下，邮件还是没有到达

说好的酒开始冷却

夏天的鸟按时飞来，沐浴

造成邮线短路，这些结果可以预见

所以，可以看一些翅膀

浸满阳光

忘记邮件，还能忘记烦琐

成为没牵挂的路人

把几句鸟鸣，换算成歌词

念至黄昏，编成舒服的辫子

随风飘扬

这就对了，你说

在安静的夏日，就要静下来

城市里慢慢拔草

在一个城市，慢慢活着
时间久，也会留下记忆
印在水泥路上的，不仅是脚印
或许，还有某一天

离开一个地方，才会拥有牵系
我试着在陌生城市的夜晚
将氧化的过去还原，或者
为两条平行线，找个交点

还是放弃吧，你动动手指
将我的想法弹灭，弹远
匆忙地，一个个情节
沾满你弹过的香灰，有宿命的禅意
雪白的羽毛，开始，落满我的头发

时间里面长满了杂草，凌乱不堪
在陌生的城市里，无法整理

此时的太阳很高，很高

看着我，一针一线地清除

把日子拿紧，放到山上

早晨的鸟鸣，突然灿烂地生长
短暂的安静，被挤破
风还是一如往常，把日子掀开

把日子拿紧，做一个造型
用禅师的手势，放到山路上
慢慢修行，或者打坐
成为计划中的模样

没人看管，会被蚂蚁推走
也可能，被鸟啄破
露出你在的那部分，青翠芳香
我只能紧闭双眼，担心你走出

如果这样，我只能派你做守卫
仔细看管，钉一个桩子
用眼神拴紧，否则
会湮灭消失

可行么，你用怀疑的口气

就不怕，监守自盗？

记录一下昨天雨中的公共汽车

在雨中，所有挂在墙上的鸟鸣

山风，乃至涂抹过的往事

都斑驳不堪，显出淋漓的原型

顺着站台的方向，坠落

飞扬的黑发贴在脸上，成为有立体感的陨石

我很庆幸，还有时间

来策划，如何躲过这些疾行的雨

和拥挤的车轮

之后，慢慢行走

顺便拍摄一些风景，当雨

没有下过。其实

已经在车里，思考多年

这里没有雨，也没有阳光

总得下车，总得面对雨

看着你，把零碎的时间串起来

织好，成为一把伞
我居然，举步不前

看到汉印想到失踪的一切甚至时间

理几遍，一些东西不知去向
包括之前的雨，和印章
这让我困惑，尽管，清晨还是清晨
光线还没有被完整保存

失踪本身就是实词，可我却不能确定
那些东西飞到何处，会不会一直躲在异乡
或剩下残骸，坠入尘土

总有同一种声音，把身体叫醒
可以顺利地回到北方，就会发现
红沙柳上，挂满失踪的，遗弃的
随手种下的炊烟，在二十年后
发芽，越长越浓

就这样走过，身心分离
你用佛陀的话语，劝我无须担心
每天都在走回，都在丢失
甚至，被抛开，捻碎

我们是带引号的主人
你婉转的字体，代表身份
但是，我们熬不过时间
只能客气地挥手，告别

看到汉印想到失踪的一切甚至时间

清晨的鞭炮声好像是另一扇门的门铃

生动悦耳的鞭炮声，在清晨
炸开，炸开
风剪出大块的云，在空中
裹起
这是南方，所以你猜对了

在你说出答案之前，我按照以往
继续描述生命
来处去处不敢轻易涉及，只说现在
偶尔会伴随着经声，但是
和今天的经声，有很大的不同

这些鞭炮声，把褶皱抻开
生命就平稳光滑了
甩掉炊烟的羁绊，与佛音相搀
一路坦途

此时，曲径很多，没有路牌
只有门铃

去一个地方

所有人才会轻车熟路，回到来处
只剩下躯壳，使草繁忙地生长
遮住地平线

好了，你可以说出答案了
而且另一个铃声，才能把鞭炮声
盖住

清晨的鞭炮声好像是另一扇门的门铃

清晨的鞭炮声好像是另一扇门的门铃

163

把日子一个个移动

身边的日子排好之后，向前推移

越过一个一个路灯，在路口

天空晴朗，停下

停到一个未曾开始的一天

像一瓣风，在云下

躲过细密的网，躲过明晃晃的太阳

看着你在人群里，慢慢行走

路过我排好的日子，宁静古老

或者，我把一些单调的日子挪开

让你进来，卸下佛珠

打个结，系上心缘，净念

再放一把伞，挡住洒水车上朴拙的歌曲

要是能插队就好了，把一些灿烂的日子

穿插进去，一天茶，一天酒

一天寒，一天暖……

亦空亦幻

我这么说的时候，其实也充满了憧憬

这些日子没等我看清，一下子就消失了

更不要说移动了

提着年纪行走途中

提着年纪，慢走，清晨又来了

尽量装出自然的样子，或者

满脸欣喜，时间四通八达

每个方向上都没有标记

我的眼睛，盛满疑惑

你把花的颜色掐断，描成

五彩缤纷的路线图

我按着指引，直行斜行

还有拐弯，直到看不见起点

看不见炊烟

日子在行进中，就会慢慢折断

一截一截，像你串好的佛珠

挂满六根六尘六识

只是，没法把终点和起点

连在一起，结成轮回

要是提早遇见，在途中
我确定可以把年纪扔掉，搭上车
可以把路程，延长一大半

投递包裹的问题

终点的地址还是有些模糊，发浅
只有大致方向，不过可以投递
红色的袋子装满问候和用过的物品
甚至还有一串佛珠，以及几句你喜欢的偈语
一并送达，娑婆世界的一角，都是你熟悉的
你收到后，最好有纸质的回单或口信

微弱隐约的信号，在清晨送来
有时是鸟鸣，有时是路人短促的咳嗽
要是我在山里，是真的山
你的口信，会是一粒松子一朵云
我知道，那唯一的含义

投递完成后，习惯静止在光线里
准备返乡，路过除夕，中秋和端午
走到起点，把路上剩余的嘈杂甩掉
静心静意，默念开启籍贯的密码

时间真的是圆的，终点起点的地址

都是一个，只是有些包裹

请谁来投递？

用文字抵御夏天

夏天的声音铺满地面，风一吹
微微扬起。轻轻地
躲在文字的背后，默默无语
假装，和这个节气毫无关系

只是，钟表里的心跳
还在提示着。某一时刻
我的耳朵开始遐想，听不见任何声音
却能看见，时间之弦上
跳动的音符

或许，用一些文字
来抵御来过的和珍惜过的真实
包括夏天，也包括
丢掉的一段时间

很可惜，这些抵御毫无用处
我们被季节看得清清楚楚

从出生的那一瞬，就开始节节败退

最后，退到虚无

在一个雨天里置身事外

雨滴落下，安静得出奇
掺杂着一些消瘦的温度
和去年一样的梅雨，开始叩门
湿漉漉的栅栏上，站满避雨的鸟

对此时的雨一无所知，尽管你提醒过我
每一年的雨都是新的，只是有相同的时间点
来自北方的人，要理解这些
一直很难。雨和雨相遇携手
刻出水面的流痕，就是邂逅

很欣慰，这些雨会牵走一些疲惫
让时间，老掉在眼神里
之后，顺水而去
假如，只能假如，把雨固化
会不会留住，有你的那部分眼神

如果这样
我的视野在雨天，就会变窄

变得短暂，雨滴安静匆忙

我放佛置身事外，用一个杯子

装满茶，再用一个杯子

盛满雨天

清晨或其他时间都有健康问题

太阳没有出来，梅雨纷纷

还有些咳嗽，请最好的中医

给天气开出药方，平喘安神

之后，路灯就灭了

注定了，在阴晴圆缺里度过

生病的灵魂，总走在崭新的脚印上

待到痊愈的时刻，很难辨认

或者，一点雷声

唤出一些熟悉的名字，一一码好

选定最前面的，把名字文火煎起

三沸三静，凉至常温

解世间虚华，尘心浮躁

这样，我们的相持也会悄悄溶解

和佛陀，再打一次招呼后

圆满如初，忘记苦痛欣喜

在恒河的岸边，问谁，找谁

无人，无我

这个跨度太大，还没量好早晨的温度

一些微恙还在蔓延，也没有把握

找到最好的中医，自然痊愈

梅雨印象不过是一双鞋子

阳光确实成了稀缺之物，我们都在等着
雨停了又开始，颜色变浅的老照片还不能晾晒
事实上，记不得一些过去，在潮湿的季节
除了雨滴，我们都适应了健忘

祖传的几声问候，我还记着
在雨歇时，掀开天空的一角
露出一点点晴，还有故乡的云
把时间和云都凝固起来，做成箭

上面这些，就是梅雨带来的印象
每一天都是一次性的，都是开始
然后是结束，梅雨不过是脚上的鞋子
某一双，特定场合的穿着

在任何时刻，我们与每一个日子
相依为命。你说的累
和季节的变换，都是瞬间
被日子催熟的杨梅，依旧紫色多汁

把不同的鞋子穿在脚上，从来无法选择
还得郑重其事地，深一脚浅一脚行走
直到有一天，我们赤着脚
离开

梅雨印象不过是一双鞋子

把炊烟当成漂白剂

也就是说，在梅雨季节

飘起或落下的炊烟作用很大

风从天上吹下，我拉一把炊烟

日日拂拭

雨浓雨晴，把炊烟搅碎

散在地上，这个情节无比熟悉

虽然我没有见过，但在你的叙述里

栩栩如生

而我，把炊烟当成漂白剂

来除去心上的一点污渍

从未说起，因为一切都难以复述

更重要的，蜷缩在里面的虚伪

不想见到阳光

这很不厚道，我一直袒护着自己

所有的诗歌写完后，都会默默点数

生怕丢掉那一个字。其实，都很害怕

说不定那时，要是没有儿时的炊烟

也会把自己丢了

和佛一起，找个安静的地方

用一段雨，一杯茶和一张车票
就把时间地点送走，送到远处
一个你和急躁都看不见的地方
嘈杂的时候，发出安静的味道

这是信号
任何一个地方都瞒不了你，所以
我自作主张，把你放到一个我想去的地方
这样，有雨有茶，还能看见你
慈眉善目，藏着童心

用经声，凿出一座桥，还有栏杆
与你毗邻，这真是太有趣了
端着酒杯就入了释家，原来的肉身
面具，谎言，被迅速加持
成为法器，安详平静

或是不需要准备吧？随时
我们都能够相互认出。你看着我

穿行在轮回的路上，用脚印打字
用眼神飞翔

为数不多的轮回里，我经常用酒取暖
把红尘搅乱，你手指轻挥
一些缘，瞬间枯萎
然后，把一个地方腾出来
让我们站满

把天气分类

连续下了好两天，今天晴啦
一些实词，开始集结
冲散聚拢的乌云
看见你挥着扫把，一点点扫起
培植在昙花下，发酵成茶

假如时间凑巧，在雨后
坐在柳浪，听莺喝茶
可以看见昙花一现
散碎的桨声，把昙花托起
心情寂静

雨连续下了好两天，就晴了
一些虚词，也汹涌而出
你挥舞着闪电
一个个打碎，淋漓成星星
击中无辜的双眼

的确是停了，把两类词语都收好
分别晒干，之前的之前
以后的以后
都是幸福的，包括天气

如果把天气分类，只有两种
晴天和雨天，我这样分配
一天归你
一天归我

请佛读一首关于分别的诗

散装的水在阴天，聚结
淹没锈迹凸凹的河岸，开始生潮
把有颜色的钟声，高高悬起
与潮声合鸣成禅音，送与佛听

被雨打过的世界，就是挂了一层窗帘
风和潮声被隔断，不是你说的原因
风一直是在的，不要把阴雨，打成墙
佛曰，问心

这是机锋，过去的和未来的
一样缥缈，散装的和固定的
也一样虚幻，当下才是边界
我们拉着边界，走走停停
停停走走

试着，在雨季，安静下来
把有颜色的钟声，慢慢地放下

放在琉璃盏里，更加五光十色
也能清晰地，照出一些经年

有些经年和文字，是笼统的
少数被净化，重新安置
唯有一次意外的碰撞，继续铭记
回到源头吧，细数你从容的寂静

如此，佛才会再一次张开双目
读一首关于分别的诗

阴雨天抓几个方块

这些雨，如果再下一天，我肯定会想到

在北方，大雪封山的情形

会看着大大的蓝天，出神

道路上，有层薄冰

上面有少年时使用过的方块

我戴上手套，以便顺利抓到

然后，互换地址

你，可以把这些，寄到异乡

我收到之后，会忘记眼前的雨

看着清晨，慢慢走来

继续写作，写风花，写夏天的冷

雨天的晴

有些方块落了，没能走远

或者冻在冰里，永久保存

这不可能，我们能够听到

疾驰的夏天

乌云很密，就有一条一条的长线
天空窄了
只有时间是真实的
那些方块，不过是某种影子
或者存在过，或者没有存在过

怎么度过这个季节的雨天

所有的声母，都是一声

只有韵母，才有四声

所以我觉得，梅雨时节的雷声是韵母

有至少三种声调，四种颜色

和这些雷声不同，决定自己是无色无调的

你开始微笑，这不是颜色

是标准的隶书，婉转悠扬

唯一留一点的，是荧光

点点斑斑。计划

成为世俗生活里，一点人为的荧光

临摹之后，日子也极其对称

从雷声里，我慢慢地剪下一点陈旧的颜色

用来发酵，之后

会长出大把大把的初阳

照亮你的眼眉，还有我看不清的归程

而且在这个时节，一不小心
就错失掉熟悉的阳光
理由极其充分，在纷乱雨中
一切都被打湿，包括声韵

于是，我继续慢慢清理临摹
颜色和字体，都不重要
我只是想，有什么预言
来度过，梅雨季节的雨天

湿 的 光

阳光被捆起来，靠在墙边
被雨淋湿后，发出渐老的微光
偶尔，会照见我的背影
也照见慢慢地圆起来的，弯月

然后月亮会瘦下去，周而复始
阳光一如既往，被雨冲刷
漏掉的月光如雨一样滴穿水面，滴穿时屏
要是被你幸运地接住，更不会担心

赶往一个地点，我们走在途中
松软的时间，淹没了我们凌乱的脚印
淋湿的光，一下子飘起
一下子落在地上，被月光掩盖

这些都与我的文字有关，在月光的浸润下
变得方方正正，条理清晰
你把阳光搓成线，一点点缝补
拼接，成为一幅归图

和雨一起喝酒，怀旧

和雨为友，来无影去无踪

在清晨，有雨飘起

也有雨夭折，这是自然

厚厚的土地，是雨简单的居所

要是把酒倒满，我也可以放下肥胖的肉身

和雨相敬如宾，喝下一段少年的滋味

这是俗称的怀旧，意义很深

我还是无法解释，借着酒气

也找不到答案，只能问佛

既然说到佛，我开始轻松

那时，家乡的云和雨一样白

我试着把脏的水和乌的云，用力洗洗

试着把雨声，轻轻抓住

有佛在，就有可能

于是我把最初的一种遇见，当作偶然

离开北方，那些脚印在内心里

四处盘旋，我开始忘了我是谁
雨少
只记得风，带着牧草的味道

叙述的结果往往就是，途中遇到佛
落点归结到北方，归结到最初
除此之外，没有其他方式
邀请雨一起喝酒，才会怀旧

一个人在清晨行走，脚步是晶莹的

一个人在清晨行走，脚步是晶莹的
这个简单的逻辑我不想弄清
时间走到下午，和现在相比
就会缓慢下来，脚步也会发白

瞬间过去，假如是很多年
我走在路的对面，开始思考
清晨的情节和目的，都挂满霜
这也许是源头，从清晨开始成章顺理

确实，淹没在清晨的车流里
看你用迟疑的手势
来指挥交通，或是解开纷乱
十字路口，泾渭分明
其实，对你来说
我是唯一的行者，脚步是晶莹的

上面是最矫情的几句话，适合朗诵
真实的情况经常是拥挤，或是奔跑

或是捉襟见肘，或是被飞起的水花溅湿大脑
我必须闭上嘴，闭上思想
直到月色满天

一个人在清晨行走，脚步是晶莹的

玄关周围的端午

玄关之外，盛满一种声音

散在清晨，有些不着边际

和端午对视，炫目神清

眼睛就会空出很多地方，装水

装声音

玄关之里的草原，渐渐茂盛

毡房渐白，在端午的粽叶里歇息

我的口音已经老去，沾满了皱纹

在某个时刻，反刍，守望

拉着端午，在玄关处相会

用熟悉的酒对饮，致敬

用过的词语已发皆白，还在使用

为了亲切，我把它蒙上面纱

在声音里，慢慢分辨

关于你的一些词语，我在翻新

或者，换换标点符号

这样，在端午的味道里

才会穿越玄关

梅雨时节的一些讯息

派出几滴雨，阳光渐暗

依旧是劈柴的那一年，留下的讯息

现在看来，都成凝固的雪

在每年冬季来临，往往返返

越积越厚

停在十字路口，讯息的种类不同

亦指着不同方向。比如雨季的莲

还没有成熟，被很多人围住

枝上的鸟，讯息渐少就鸣声焦急

寻找不到一起迁徙的那几只

如此情况下，怀念也变得虚无

尽可能，使脚步高度相似

才能模仿着昨天，在盛宴里

悄然退席，把鞋带系紧

可以躲开，迅疾的车流和无关的讯息

越积越厚的雪，会被梅雨融化
日子的背影越发安详，在时光里流动
把自己走短，走薄
走失

今天夏至，还是之前的那四个字

雨翻墙而入，被风轻微雕刻
今天夏至，还是之前的那四个字
风调雨顺。这个夏天
被雨铺在地上，疯狂生长

我踩着速长的草，去看季节的石碑
铭文错落有致，甚至
还排成莲花的形状，打坐招手
一朵花与雨滴擦身而过

北方的脆雨，很骤
被我用文字搬到南方，进行比较
还好，多年前的篱笆门没有关上
没等地面潮湿，我全部拿走
对照族谱，——印证

关于这些，大概你也注意到了
我在杨梅从里，看见你紫色的笑声

与青色的草，连成本体

双手合十

今天夏至，还是不变的几个字

雨顺风调

慢慢长成一颗种子

把阳光种在地上，慢慢生长
和你一样，我也是葱翠的草
确定，不会是那颗独立的谷子
而是随风生长的酒曲

拔节的季节过后，开始思考
原野的高处，有摸不到的界限
的确是平常的草，随你
绿着，这个清晨

这就够了，曾和你并肩
世间的草不计其数，你还是例外
不会对人说起起源，佛说
在于一份偶然，我茫然无知
这些绿色，迷住双眼

某一时刻，把阳光
塞进嘴里，慢慢发酵

眼神，被时间浸得发蓝

长出绿色的朝霞

匆匆长起的草，把脚印淹没

我在晨间，慢慢思考

直到秋天，成为一颗种子

削开雨滴

倒下的每一颗雨，都难已扶起

就像，无论怎么弯腰

都捡不起，身后的脚印

如此这样，只能向佛诉苦

佛总是哈哈大笑，然后闭口不谈

一层层堆积起来，都是我俗家的愿望

不一语道破，透着机锋

于是，只能向漫天的雨滴

躬身施礼，宛若，与佛请安

堤岸，草原，和脚印扶持

倒退着行走，走到雨天

借佛力，挥手

一层层，削开北方的雨滴

把削好的雨片摊开，覆住慢慢流失的脚印

及简单的光阴，这是愿望

其实无能为力，总等到流失殆尽后

才会，举手投降

遇到忽然的晴

没有提前告知，雨色淡去
不再用匆忙，遮挡天空
很清晰，感受到温度的重量
这个时刻，没有什么意外

慢慢吸入一口，空气的味道
有点单薄，熟悉
你擦亮的天空，清凉如玉
被你腌制的诗句，表面泛黄

流过的时间是湿漉漉的，滴着水
面对忽然的晴，你设计好的比喻
毫无用处，拿来放在肩头
慢慢晒干，存起来，等待来年

假以时日，单薄的晴
就会长出缤纷的枝叶，茂葱青翠
然后慢慢前行，等着某一刻
忽然转身

用去年的雪泡一杯茶

不能在清晨里，想着夕阳

就是声音和声音，都不一样

有佛，有禅，还有境

光煦暖，挂着长长的蛛丝

被长满青草的路途拉住，结网

佛要是偶然路过，会把剩余的丝束成弦

邀请你弹起，度过，这个漫长的夏天

顺便，用去年的雪，泡一杯凉茶

是的，双手空空

只有把清晨浸在杯里

才能用茶划出黑和白的界线

在界线上行走，左肩白，右肩黑

心有所畏，即念即观

顺便挨着光坐下，把昨天的夕阳

拉来共饮。合适的时候

能远远地看见秋天冬天，无比庄严

把你的背影，慢慢风干

再修行一次，做重复的

匿名的枯萎

夏季时让眼睛入睡

昨天的雨，洗白了身后的影子
温度下降，仿佛一切还是旧的
我确定在天光破晓之时，让眼睛入睡
这样，可以省下清洗的费用

于是就想起我长大的乡下，夏来时
躲在树荫里，露出凉爽的膝盖
很多年后，树下坐过的印痕还在
我却站了起来
挂在枝头的野性，却荡然无存

怎么办呢，我单薄的乡心
在氤氲的南方，被白汽缠绕
路宽楼细，只能小心地抬起头
否则，会碰到细密的屋檐

眼睛睁开，直到醒来
声音都很安静，我让故乡再次出场
盘旋在我的周围，然后静下心

让肉身，开始询佛

打坐

去一个地方

斜风细雨，左转右转直行
都可能绕路
为了准确，打开百度地图
来增加自信，必要时得咨询路人

总有人知道，我对此毫不怀疑
地点就在那
只是，在设定好的路径上
躲开临时施工，和其他意外
这样却不能提早到达，非常奇怪

很远，很近
这是两个人的答案，我开始犹豫
或许和年纪有关
有的在逃避，有的在追赶

相同的地方，与左转右转没有关系
就算停着不动，也会走到

明白后一阵轻松，用倒计时的方法
设计旅程

是的，很多时候
得丢掉技术手段和约定俗成
最好闭上眼，让简单带路

掉进雨里也成不了河

只能成为浮柴，逐流

做鱼的邻居

等到天晴或风止，搁浅在庙旁

白天沉默，夜晚发出磷光

被时间捡走，之前

一直气喘吁吁，连绵奔跑

河水也是忙碌，拥挤

找个容身的位置，真不容易

一次次被涮洗，打上补丁

羡慕水草，和另外的绿

自在来去，枕着河水入睡，涅槃

成为佛的装饰，听经学禅

它们的一瞬，是我们的一生

这样，可能都会重生

还会在水里，相逢畅饮

只是，不说前世

还原图像

之前的图像还原，修饰

至少要涂抹掉那些，过后看来

有些苍老的部分，比如声音

还有空气，脚印等

最好再经过当事人的确认，这样

做成标本，那年的风声过后

就可以永久地停留，不用试着

一次次想起，一次次模糊

如果还原成功，就不得不提起我旧的家乡

经常被回忆涂得混乱，口音似曾相识

没有了脉络，成为静物

背影和月影，长出不一样的浮屠

虽然还原旧的故乡，有些难度

但是与那些草地矮山土房，相扶相和

如果还有难度，只能请佛帮忙

只还原到，最初
我出发的地方

在岸边看见的，其实是别人的倒影

数不清的宿命，在清晨来临之前

隐藏起来，诸神归位

有的急急忙忙，找个位置

最后的一点儿，沏杯红茶

慢慢踱进，缓慢的一天

佛说的宿命就是注定，不是生死

其间，我在岸边看见的

其实是别人的倒影，若是用禅网打捞

一定是凝结的前因，或是

无数个宿命里的一个

不过，所有的宿命都难合情理

年轮的里外，温差太大

就像今天和昨夜。想要的宿命

沾满碎屑，昨世的碎屑

扑打不清

整个身体被宿命注满，用刀划开

呼啸而出，潜伏在一个个路口

剩下薄薄的外皮，和刀口

偶尔会留下一个，就是

我们的今生

继续昨天的话题

确切地说，今天是次日的清晨

天气还是很阴，这样一个天气里

找到昨天的话题，会带着潮湿

如果有灯亮起，就变得非常容易

阳光和灯光，编织在一起

捞出一个话题，揉碎撒匀

再盖上浮土，如此

就能长出你想要的结果，和秋天

静的晨烟如雨，散在地上

还有几缕，如汉朝的隶书

书写出话题，棱角圆润

没有一点点声响

总之，关于昨天话题

就是一个人物画，挂在时间的墙壁上

年深日久，人物已经消失

只留下，空洞的画框

其实是个假人

早晨风凉透骨，明白了进退
佛问，莫非进不能进
才是所谓的，从容的后退
我无言以对时，假装无谓地
低头前行

你和佛都没有点破，所以
我假发披肩，做个隐者
稽首的姿势，透着微小的慌乱
习惯的步履，一边厚，一边薄

好在是清晨，好多人还在梦乡
少数几个瞭望的手指，嘀嘀嗒嗒
蜘蛛结网般清脆，催醒清晨
光影交接的一瞬，正值我悄悄溜走

好啦，这下就放心了
又躲过一天，每到此时
就担心佛会出现，也担心你的双眼

过一天算一天，不能让佛知道

我，其实是个假人

对 立

季节前后，一切都似是而非
至此，我把时间分成两半
睡去和醒来，存在或者虚无
天空和大地，我，或者你

矮矮的墙头外面，高楼林立
我借着阳光，把酒歌的声音放大
一半清醒，一半沉醉
浓浓的歌声，醉倒流离的鸟
和温暖的尘，相视而笑

过程中把笑分成两半
人的笑是历史，佛的笑是预言
你来问我
在某个时刻听到的鼾声，鸟鸣
又是哪一类的笑声？

出　走

再倒一杯屠苏，饮下微醺
化身为纸，飘出贾府的大门
之后，选一块菜地
在小暑节气前，挂锄思考

葳蕤如此，盖住往日的花花草草
亭下的一点澹隐，用来眺望远方
眼神挂满风，挂满雨滴
成为别人世界里，耕地的犁

打马而去，循踪按迹扶犁而来
禅音如鼓，苔藓石阶如刀
刻出陈年的鼓音，散落在老式的金陵
古今一梦

官道上，走来西行的羁旅
手茧发亮，采下时蔬
半卖半送，如是
才能把自己的声音，送回老宅
注：红迷雅集，写诗备忘

滴 答

雨越下越短，拓片一样

拓出看雨的乡邻，和古老的乡村

挂在墙上，用眼神一敲

很脆，很脆

滴答得安详无比，除了

一辆汽车溅起巨大的水花

掩盖了城市的背景，和路人的匆匆

打湿我干燥的目光

用雨伞作香案，雨滴成为贡品

滴答声里，时间的表皮越来越厚

我用刀拨去，双膝跪倒

轻声询问，北方的那缕风

准确的去向

掀起小暑的一角

掀起后，打熟悉的结
这样，盛满一小段早来的秋
要是能够闻到一点桂花
就毅然决定，留在秋天

如此的假设毫无道理，北方的酸枣花
刚刚开起，所有的树叶
准备入伏，于是乡野的月亮
甩掉初夏的微凉，将清晨发酵

躲在哪一天的后面，都是一样
无须计较和担心，收集起的一点秋天
很快会穿梭，枯萎
凝成又一种愿望

荷花，即将摇摆

诗眼是你带来的程序

清晨宁静，我继续双手合十
找停下的缝隙里，旧的诗眼
雨如约停下，就留了几滴

这样，就挖出昨天以前的渊薮
一点点剥开，欲言又止
占据时间的雨水，匆匆过去

的确，诗眼是你带来的程序
好像节气走过的季节
每一步，都设定清晰

我还是不能移动半步
十方世界的万种精灵，注视着我
只能用旧的姿势，进行寻找

我不能确定，藩篱边上的湿
和寻找的诗眼，有什么关系

渗入地里的光阴

时间唯一不变，其余的变化太多

因为雨天较浓，你计算出过几天的月光

会重了几分，也相信

顺着落水管，看见渗入地里的光阴

那么在变化的夏天，我的咳嗽声

都是绿的，偶尔变黄

你说，这些变化的景致

就是一本旧的书，没有变化

自己不翻，也不可能有人翻起

要是能把变化抛开，那我也只能配合着

消失，或者躲在时间的反面

静静地看着，渗入地底光阴

慢慢发芽，长大

再开一次，落过的花

另外的雨

关于每一个日子的起因

答案是有限的，不能完全说明

于是只有请佛来补充

佛按照以往，颔首微笑

拈花的手，指向终极

阳光和雨，还有树叶，都是真实的

我把每一寸的时间，都想取上另外一个名字

比如欢喜，沉静

觉醒，消失，还有过程

这是我的唯一任务

旧约所说，早晨将到

黑夜也就来了，可是

黑夜将到，早晨也就来了

往复如此，那么佛的补充就很清晰

白天就是黑夜，黑夜就是白天

其实，原本就不是问题
只是在清晨，看见雨中
还有另外的雨

擦亮一缕火苗

台风过后，锈蚀的天空

平静了一些，用食指擦亮一缕火苗

这样就能看清，赤脚走路的佛陀

鸟鸣在动，心也在动

零度的空气里，弥漫着行人沉重的呼吸

佛脚步轻盈，为我们带路

脚步变旧后，已经不能迈到更远的地方

走过的，也被候鸟慢慢啄食

我们踮着脚尖，停在原地

肩膀空出，准备扛起即来的彩虹

佛轻轻摇头，如此而已

雨还没有停止，都是灯影

边缘上，看见风的愿望

我用木鱼和晨钟

疏浚被堵塞的禅路，顺便

把火光捧住，因为还有风

找佛帮忙

因为阳光，我们开始失约
把日子一个个数起来，过去的阴雨
被送进案头，当作奖赏

我们开始低头，向台风和阳光致敬
酝酿，把漏掉的传说改造成矜持
佛一直安详，守着秘密
杯干之前，一直从容打坐

就是，我开始搜寻保佑
用木鱼声来装点
阿弥陀佛和阿修罗排在前列
隔断，滚滚红尘

时花乱舞，还能
为花浇水

加　固

通篇看来

用错的字得进行修改，不能删除

否则，会成为赝品

读起来忐忑无序

当然，风也不能刮错

错了，不能取暖，或降温

而且，会把笔直的往事

撞得弯扭，散落

修改好的文字，成为螺钉

在风来临之前，把往事一段一段加固

风来后，就能优雅地晃动

不紧，不慢

汗　滴

热情的蝉鸣里，放弃馈赠

只留下，年少的点点荫凉

留在北方，这就够了

如果再有一点云，就会

发疯地生长

老式的磨坊里面，一圈圈的童年

模糊的答案，被碾碎，筛匀

除了时间，还有温度，都被脱去皮

成为纯粹的样子，微微发光

掉下细小细小的汗滴

回归到，年老后的头发之中

明天也会如此，高温下

诚实地出发，阳光也会发热

后　记

　　两年来习惯于走路上班，在两点一线的路途中，每天路过缓缓流动的大运河，路过健身的一些老人，路过渐渐绿起渐渐黄去的银杏叶………，细碎的平凡里，晃动着平凡的人生。

　　昨夜的淋漓细雨，就击落了大部分桂花，今天早上的世界很静。

　　忙碌了一段时间，终于尘埃落定，一本诗集就这么出来了。

　　可疾飞的日历提醒我时间过得真快，仿佛一切都没有来得及。

　　持续多年的清晨写作，已经用尽我积攒起来的大部分才华，某个早晨，会陷入文思匮乏的状态中，手足无措。

　　忙碌的工作其实已经将有限的人生填充完毕，挤出一块留给诗歌创作，纯属意外之喜，写作水平没有提高很多，但让我在某些时间的空隙，思考为人、为文的本来。实在也没有什么志向当个诗人作家，只是觉得作为一个微不足道的个体，应该具有文化人的一种虔诚，对历史、对生命的尊重，对未来、对自然的欣喜。能够及剔除周围的嘈杂，寻得一点宁静。作品完成时，总能感觉到一些真实，就是一种欣慰。

诗歌是自己的另一双脚，一双停在原地，另一双带我走向广袤的远方，走向生命的终极。个体生命的意义总会湮没在时间的洪流之中，用一些文字记录一点，多多少少也是收获。在诗歌里感谢社会，提升自我，瓦解世俗。

说到底吧，一首诗的意义总是有限，一些诗或许还能反映出一点心迹，但这只是阶段性的平衡，所以某一句某一首的诗歌不再重要，如我们手里的时间，过去的就过去了。

感谢工作上支持我的领导同事，二十多年来，我们已经超越了工作关系，更像相识多年的朋友；感谢书法家饶煜明先生为本书题写书名；感谢梁晓明先生和涂国文先生拔冗作序；感谢编辑老师的细心；感谢家人朋友的关爱，鼓励我努力学习、勤奋工作。

其实不需要时间，只需要一个方向，去一个地方。

许春波

2017 年 11 月